AF312115

ALFRED BILLET.

PROGRÈS ET AVENIR

50 CENTIMES.

PARIS

COULON-PINEAU, LIBRAIRE,

33, RUE MONSIEUR-LE-PRINCE.

1855

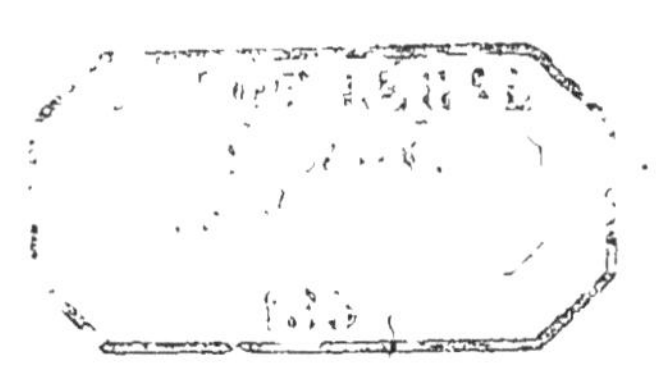

PROGRÈS ET AVENIR.

IMPRIMERIE DE MUNZEL FRERES, A SCEAUX.

ALFRED BILLET.

PROGRÈS ET AVENIR

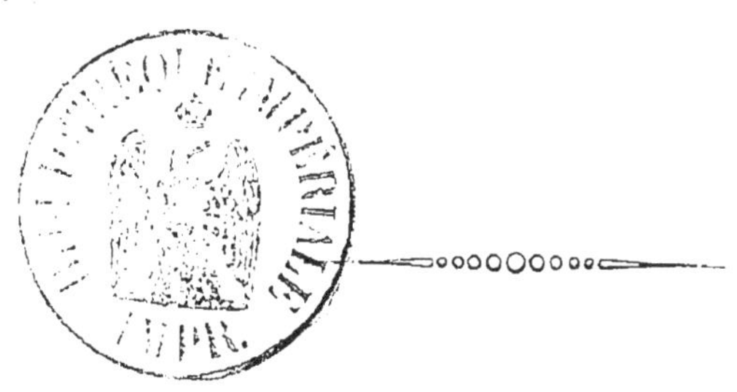

PARIS

COULON-PINEAU, LIBRAIRE, 33, RUE MONSIEUR LE PRINCE.

1855

A

Monsieur Maxime du Camp.

I

Des océans lointains du temps, voyez venir

La sublime nacelle

Que des vents impuissants ne peuvent retenir !

Un lumineux fanal à sa proue étincelle,

Peuples, c'est le progrès, flambeau de l'avenir !

Flamme du ciel, lumière ardente,

Qui chaque jour plus éclatante,

D'un rayon fécondant baignes à l'horizon

Un cercle plus immense où jaillit la raison !

Où les fantômes vains que ton grand jour inonde

Et l'ombre sont chassés jusqu'aux bornes du monde,

Progrès, foyer de l'univers,

C'est toi, feu créateur, que j'acclame en mes vers !

Arrière donc, vieillards qui penchés sur la tombe,

Nous criez qu'avec vous tout le genre humain tombe !

Qui, sondant l'horizon d'un œil terne et hagard,

Le dites raccourci comme votre regard !

Arrière, contempteurs jaloux des futurs âges !

Philosophes encor bien plus chauves que sages !

Larges fronts, cerveaux creux! Prêcheurs vieux et nouveaux,

Aux systèmes étroits, plus creux que vos cerveaux!

Qui proclamez, — mesquine et pâle théorie! —

Au monde comme en vous toute sève tarie!

Arrière! vous aussi, poètes orgueilleux,

Grands fats de tous les temps comme de tous les lieux!

Vous tous qui l'avez cru, qui le croyez encore,

Assister au déclin d'un monde à son aurore!

Comme si plus un mot ne devait voir le jour

Après votre volume, œuvre vaine d'un jour!

Tous, qui que vous soyez, qui cachez la lumière,

Loin d'ici! C'est assez pataugé dans l'ornière!

Place au soleil! — Arrière, apôtres impuissants,

Quel qu'en soit temps ou lieu, qui bravez le bon sens!

Obscurants surannés, qui sur la pure étoile

De la raison humaine osez tirer un voile,

Et noyer les esprits de dogmes ténébreux
Pour les rapetisser et mieux régner sur eux !

* *

Dispersez-vous, badauds de tout sexe ! Auditoire
Idiot ! qui, pour ouir une bourde notoire,
Ouvres la bouche ainsi que le naïf poisson,
Humant du même trait l'appât et l'hameçon !

*

Arrière, vains hochets, arrière, idolâtries !
Symboles, oripeaux, et bimbeloteries !
Arrière ! dans ta nuit ! fanatisme insensé !
La lumière paraît et ton règne est passé !

II

Vieux monde! ont-ils crié dans leur pâle faconde,
Ces insectes humains qui vivent un moment!
Vieux monde! C'est un mot sonore assurément,
Et la tourbe stupide a répété : vieux monde!

O coteaux renaissants! ô champs! ô plaine blonde !
O nature toujours nouvelle! ô vallons verts !
Soleil, qui sors brillant de chaque nuit profonde !
Harmonieux accord de ce jeune univers!
Peut-on voir tant de vie et vous nommer vieux monde !

Quoi! se peut-il qu'après quelques instants si courts,
Six mille ans! quelques flots dans l'abîme des âges,
Et dont l'histoire à peine a su tracer le cours !
Éphémères humains! Se peut-il que nos sages,
Comptant sur leurs dix doigts les étoiles des cieux,
Mesurant à leurs jours les jours de la nature,
O senteurs du printemps! ô jeunesse! ô verdure!
Quand leurs cheveux sont blancs disent le monde vieux !

Eh bien, non! En dépit de tous les mots sonores
Qui pourront pénétrer dans un oiseux discours,

Non ! par les fleurs. les fruits, par les blanches aurores

Qui dans les cieux éteints renaissent tous les jours !

Non ! par les flots d'épis ondoyant dans les plaines !

Non ! par le jeune sang qui fermente en nos veines !

Il faut bien incruster cela dans vos cerveaux,

Le monde n'est pas vieux ! les hommes sont nouveaux !

Vénus encore a la mamelle ronde,

La lèvre avide et les baisers brûlants !

Vénus encore est ardente et féconde !

Longtemps encor de ses robustes flancs

Jailliront les peuples du monde !

Enfant. quand je posais mon front sur l'oreiller,

Je tremblais chaque soir de ne plus m'éveiller ;

Et d'images de mort, mon âme poursuivie,

Ne les put effacer qu'en marchant dans la vie.

Ainsi le monde. — Il vit, aux siècles reculés,

De présages fatals, ses jeunes ans troublés ;

Et chaque phase alors, en prodiges féconde,

Avant sa propre fin prédit la fin du monde.

Aujourd'hui, jeune encor, le monde a fait un pas,

Et de fantômes vains ne s'épouvante pas :

Mais toujours sur la masse ignorante et crédule,

Le fanatisme tonne et l'intrigue spécule.

« Vieux monde ! » redit-on, « le monde va finir ! »

— Pourquoi n'aurais-je plus ma foi dans l'avenir,

Imposteurs ? L'élément n'a-t-il plus de mystère ?

Répondez, l'âge d'or est-il déjà sur terre ?

Ouvrez les yeux alors ! — Si tout avait atteint

Ce degré de splendeur, après quoi tout s'éteint,

Verrions-nous cet amas de choses insensées ?

Ces révolutions à peine commencées ?

Ces abus ? ces erreurs ? cette brutalité ?

Ombres où le progrès versera la clarté ?

O Justice ! effroyable et sublime puissance,

Qui proclames d'un mot le crime où l'innocence !

Justice, toi qui tiens dans tes sanglantes mains,

Cent fois plus que la vie et la mort des humains !

Toi qui, du seul effet d'une sentence altière,

Anéantis l'HONNEUR d'une famille entière !

Toi qui tiens suspendu sur tout superbe front,

Le stigmate éternel et de honte et d'affront !

Ineffaçable sceau, souillure indélébile,

Qui s'étendant toujours comme la tache d'huile,

Descend du front du père au front de son enfant,

Et salit des aïeux le passé triomphant !

Justice, verrais-tu ton sacré ministère,

Charge la plus terrible entre toutes sur terre !

Comme un titre banal, comme une dignité,

Aux mains de l'apathie ou de l'absurdité ?

L'or, cet impur aimant vers lequel tout s'élance,

Osant tenter aussi ta rigide balance ?

Sous un fardeau trop lourd pour ces faibles mortels,

Tes prêtres s'endormir aux pieds de tes autels ?

Et l'orateur subtil, à la langue vendue,

En dépit de sa foi muette et confondue,

Exploiter le mensonge et la ruse à dessein

De perdre l'innocent et sauver l'assassin ?

Et ton temple divin, n'être encor qu'une arène

D'éloquence vénale où l'on couronne reine,

En dépit du bon droit et de la vérité,

L'adresse, la faconde ou la malignité ?

— Juges   .   .   .   .

.   .   .   .

Puisqu'il faut bien le dire,

Verrait-on l'humble amour, ridicule et chassé,

Fuir l'autel de l'hymen où l'or est encensé ?

Où la fille vendue ose, l'infortunée,

Se rire de sa sœur dont la foi s'est donnée ?

L'opulence stupide avec ses millions

Superbe! éclabousser le génie en haillons?

*

L'intrigue sans pudeur, d'insignes chamarrée,

Etalant ses galons comme un groom sa livrée,

Aux yeux d'un peuple vain qui se laisse éblouir,

Commander à la foule et la foule obéir?

*

Des hommes *sérieux,* en évoquant les diables,

Faire danser, parler, prophétiser des tables ?

*

Au signal insolent, d'un despote étranger,

L'Europe, suspendant son œuvre, s'égorger?

Comme dans la mansarde empestée, où fourmille

Une horde d'enfants sans pain, cette famille

Dévorant un débris, vil présent du hasard,

Se le dispute encor de l'ongle et du regard !..

Verrait-on la famille humaine, par l'envie,

Se rendre plus amer le pain noir de la vie ?

Quand ils pourraient s'aimer, s'aider, se réjouir,

Verrait-on, malheureux, les hommes se haïr ?

O mère de la haine ! Euménide vomie

Par l'enfer ! Implacable et perfide ennemie !

Envie, ô courtisane aux baisers étouffants !

Loin de nous ! — Faut-il donc nous déchirer, enfants ?

Unissons nos efforts, aimons-nous au contraire !

Ne fût-ce que pitié, mon frère, aime ton frère !

Fusses-tu pauvre et nu, fût-il grand, fût-il roi,

Songe qu'il a sa part de douleur comme toi.

* *

Verrait-on la critique à l'égoïsme unie
En se coalisant étouffer le génie ?
Et, succombant broyé sous ce pacte fatal,
Moreau comme Gilbert mourir à l'hôpital ?

* *

La science immuable, éternellement vraie,
Redoutée et proscrite en la chaire sacrée ?
— Le Dieu que vous prêchez craint-il donc le grand jour,
Que vous amoncelez tant d'ombre en son séjour ?

* *

Dévotion, cette arme affilée et ternie,
Serait-elle en ta main ?.. — j'ai dit la calomnie ?

* *

Verrait-on, morts aimés, frères, parents chéris,
Sous terre, entremêlés, vos cadavres pourris,

Qui ne sont plus pour nous, pour l'amitié fervente,

Que repoussants objets d'horreur et d'épouvante?

*   *

Verrait-on l'ouvrier, mécanisme animé,

Pour tourner une roue en moteur transformé ?

*   *

Verrait-on, parmi nous, tous frères que nous sommes,

Des hommes, en plein jour ! servis par d'autres hommes?

*   *

Verrait-on, chose énorme ! oh ! verrait-on enfin,

Quand des chiens sont repus, des hommes avoir faim ?

IV

Avant que sur ce globe abrupt et solitaire
Aucun être animé ne sentît son artère
Palpiter, bien avant qu'aucun visage humain
Ne fût empreint du sceau de la divine main,
Le temps — mer insondable où l'immensité nage! —
Avait pétri de siècle en siècle, d'âge en âge,

De transformations en transformations,
La sphère où Dieu jeta les jeunes nations.

*
* *

Mais avant cet instant solennel, ce suprême
Signal, où l'homme enfin se connaissant lui-même,
Hardi navigateur des âges inconstants,
Sût graver une date à la face du temps ;
Avant que Dieu n'ait vu, selon ses lois normales,
Des végétaux sortir les races animales,
Et les végétaux même engendrés lentement
Du règne minéral, leur commun élément ;
Montons plus haut, avant l'âge brumeux de l'onde !
Plus haut encore, avant cet âge tout vermeil
Où ce globe n'était dans l'azur qu'un soleil !
Avant l'âge du feu, qu'était-ce que le monde ?

*
* *

S'accumulant selon de primitives lois,
Qu'un torrent de vapeurs dans l'éther dispersées,

En un noyau central lentement condensées,

Ait massé le chaos pour la première fois ;

Ou bien que, par-delà cette époque où la terre,

Ainsi qu'un bloc de feu lancé par un cratère,

Se mêlait, pure étoile, aux constellations,

D'autres règnes pareils et d'autres nations,

Ainsi que nous, marchant de domaine en domaines,

Aient conquis tout le champ des sciences humaines,

Pour s'engloutir enfin, le but du Maître atteint,

Dans ce foyer, toujours allumé, puis éteint...

Qu'importe ! — Il n'est point dit le mot de ce problème.

Peut-être dans la nuit, la science au front blême,

De son doigt lumineux, le saura bien tenir...

Aux savants, le passé, barde, à moi l'avenir !

V

Oui, vieillards vacillants ! oui, naïve innocence !
— Et vous, que cette foule humble et crédule encense,
Prophètes de malheur contre l'homme acharnés !
Je viens ici heurter vos dogmes surannés !
Fulminez ! je ne crains ni foudres ni satires !
— Progrès, ta cause est sainte et compte ses martyres !

Tu peux aussi graver des noms sur tes drapeaux :

Colomb ! et Galilée ! et Salomon de Caus !

— O ministres du ciel ! en face du ciel même,

Je viens, sans blasphémer, braver votre anathème !

Oui ! j'oserai chanter l'avenir ici-bas !

A vos fléaux vengeurs, non ! je ne croirai pas !

Guerre, peste et famine, en face de l'histoire,

N'intimideront plus qu'un crédule auditoire !

Non, il n'est pas venu ce jour souvent décrit

Où devait parmi nous s'élever l'Ante-Christ !

Et du Nord au Midi, du Couchant à l'Aurore,

Je n'ai point entendu la trompette sonore,

Grand bruit que d'âge en âge, à ce bon genre humain,

Chaque apôtre prédit aujourd'hui pour demain.

Oui, l'homme est jeune encore ! et le règne de l'ombre

Est loin. — S'il a fallu des siècles, dans un nombre

Que nos chiffres bornés ne font point concevoir,

Pour préparer le globe à nous bien recevoir,

De même que, jeté sur l'un des vastes mondes

Des éthers infinis peuplant toutes les ondes

Notre planète immense — humble jouet d'enfant !

Ne serait qu'un galet emporté par le vent,

Ainsi nos jours, nos ans, nos siècles et nos âges,

Qui font le monde vieux à vos regards, ô sages !

Enfouis devant Dieu, qui fit l'immensité,

Ne seraient qu'un instant dans son éternité.

*
* *

Eh bien ! si l'Éternel, pour fonder la demeure

De l'homme fut si long, est-ce pour qu'il y meure

Sur le seuil ? — Comptez donc depuis quel temps a lui

Ce jour où, dégagé des chaînes bestiales,

Ordre miraculeux des lois primordiales !

Un cœur d'homme eut enfin conscience de lui?

Débile genre humain ! — Nouveau-né qui commence

A dégager un pied des langes de l'enfance,

Et parce que ce pied trébuche à chaque pas,

L'autre résiste et crie : « Il ne marchera pas ! »

VI

Le progrès ! l'avenir ! Quel sublime prophète

Nous peindra du progrès la splendeur à son faîte ?

Qui saura mesurer, comprendre, définir

L'éclat que ce sommet prépare à l'avenir ?

Quels secrets, quels trésors, le Dieu de la nature

Tient en réserve encor pour la race future ?

— Oh ! bien qu'il soit fermé, ce livre des destins,
Heureux ceux qui viendront dans les âges lointains !
Heureux ceux qui viendront dans l'avenir, à l'heure
Où cette terre, ainsi qu'une noble demeure
Par nos soigneuses mains, préparée à loisir,
Pourra les recevoir et noyer leur désir !

*

Voyez comme déjà le prodige s'opère !
Tout est fertilisé, tout se meut, tout prospère !
Déjà chaque élément, comme un cheval dompté,
Se courbe sous le joug de notre volonté !

*

La puissante vapeur que le génie enchaîne
Sur la terre et les mers rapide nous entraîne,
Et les hommes, jadis l'un à l'autre inconnu,
Bientôt ne seront plus qu'un peuple continu

Où l'amour, un caprice, un désir ! fera faire
A chacun sans effort le tour de l'hémisphère.

***

L'homme, dominateur de la terre et des eaux,
A conquis aussi l'air, domaine des oiseaux ;
Défiant dans son vol leur aile exténuée,
Sous un dôme de soie il franchit la nuée,
Et va, guidant toujours son docile appareil,
Plus haut que l'aigle altier contempler le soleil.

***

Au gré de nos desseins la foudre terrassée
Du pôle à l'équateur porte notre pensée ;
Et sur le monde entier l'homme étendant sa main,
Triomphe merveilleux du perfectible humain !
Peut dans le même instant, sous son toit solitaire,
S'écrier : « me voici ! » sur dix points de la terre.

La lumière, elle encore, avec docilité,
Reproduisant nos traits pour la postérité,
Eternise d'un coup, aux pages de l'histoire,
L'image du vainqueur auprès de sa victoire.

*
* *

La science, d'un pas toujours sûr et compté,
Traque la maladie avec ténacité,
Et déjà, par l'effet d'une vapeur légère,
Un doux rêve a chassé la douleur étrangère.

*
* *

Confiance ! bientôt ces épouvantements
Horribles, de la mort indignes instruments :
Noires contagions, blêmes épidémies,
Et tous ces maux hideux, immondices vomies
Sur la plèbe souffrante et pauvre ; fruit affreux
De l'abrutissement qui pèse encor sur eux :

De la soif, de la faim, de la fange où vit l'homme !

De quelque triste nom que la langue les nomme :

Lèpre, peste, typhus, syphilis, choléra,

Tout sera balayé, tout s'évanouira !

Car on ne verra plus ces ténébreuses caves

Où, dans l'humidité, des enfants aux yeux caves,

Grouillent en se vautrant, lymphatiques, strumeux,

Comme un fétide amas d'insectes venimeux ;

Foyer d'infection et de vice ! atmosphère

Où l'enfant meurt pourri sur le sein de sa mère !

* *

Car on ne verra plus, — pitoyables Dons-Juans ! —

Jouets d'un maigre orgueil, nos pâles jeunes gens

Préférer à l'amour franc, loyal et durable

La sotte vanité facile et misérable

De triomphes nombreux ; — chaque jour étaler,

— Lovelaces mesquins ! — mainte victime ; — aller

Engloutir dans l'égoût d'une débauche impie,

— Qu'ils nomment le plaisir ! — leur jeunésse assoupie !

Prônant ce préjugé ridicule, vain son !

Qu'on appelle la vie heureuse de garçon !

Jusqu'à trente ans, le teint livide, les yeux rouges,

Usés, — piteux Rollas ! — se vautrer dans les bouges;

Prostituant l'esprit comme le corps, ternir

Leur fière intelligence, espoir de l'avenir,

Pour léguer à leurs fils, dans un sang délétère,

De leur corruption le germe héréditaire !

*
* *

Nos fils ne verront pas — chose à faire pleurer !

Chose qu'ils ne pourront même se figurer ! —

Ce spectacle navrant, qu'on joue en pleine rue,

D'une femme ! vivante ! âme et corps ! qui se rue,

Le sourire à la bouche et l'infamie au front,

Sous le pied désœuvré des passants qui voudront

La payer d'un écu ! — à ce point avilie,

Qu'en la voyant passer, pauvre fille ! — et jolie !

On ne sait plus qu'elle est l'enfant de Dieu, la sœur

De nos sœurs, même chair, même sang, même cœur !

Et du passant distrait la lèvre habituée,

Dit : c'est tout simplement une prostituée !

*
* *

Car l'œuvre du progrès à chacun donnera

Un bien-être abondant où s'épanouira

L'existence. Chacun, sans haine, sans envie,

Par un noble labeur fécondera sa vie,

Et si l'on voit encor des luxes superflus,

La misère, du moins, on ne la verra plus.

Le travail, cette loi formelle et capitale

De Dieu, ne sera plus la manœuvre brutale,

Mais bien l'intelligence, orgueilleuse ! animant

D'un souffle créateur le docile élément.

C'est lui qui grattera le sol. Nulle œuvre vile

Ne souillera nos mains, et la tâche servile

De l'homme auprès de l'homme, aux siècles à venir,

Ne sera qu'un barbare et triste souvenir.

** **

Et c'est avec autant de honte que de larmes
Que l'avenir verra nos monstrueuses armes,
Et dira : « Ce sont là des instruments de mort !
Nos pères, dans ce temps où triomphait le fort,
Pour une ambition étrangère, dociles,
Quittaient tout ! leurs amis, leurs femmes, leurs asiles,
Et s'en allaient bien loin, multipliant leurs pas,
Tuer des ennemis qu'ils ne connaissaient pas ;
Mais qui, mis devant eux, sans armes, face à face,
Les eussent embrassés volontiers sur la place.

** **

Avenir, tu verras les souveraines mains
De l'homme tout atteindre, et, sur tous les chemins
Marcher son pied vainqueur. Ce superbe domaine
Tu le verras soumis à la puissance humaine ;
Elle envahira tout, et les plaines de l'air
Et le centre du globe et le fond de la mer.

Elle en saura chasser l'habitant inutile

Ou nuisible. — Le sol partout sera fertile,

Et le vaste désert, plein d'épis et peuplé,

Nourrira sans effort le genre humain triplé.

Tu verras la matière inerte fécondée!

Des machines seront dont on n'a point d'idée !

La rigueur des climats, l'injure des saisons

N'offenseront plus l'homme en ses tièdes maisons.

Soustraite enfin au vil souci de l'indigence,

Avenir, tu verras la pure intelligence,

Liée au corps de l'homme et partageant son sort,

En chaque individu prendre un sublime essor.

Ainsi que le soleil qui transperce les nues,

Toutes les vérités pour l'œil se feront nues,

Le doute s'enfuira par-delà l'horizon,

Comme touche le doigt touchera la raison ;

Et pendant que le bras creusera dans la terre,

L'âme s'élèvera dans l'éternel mystère.

VII

Depuis longtemps ta nef lutte avec l'Océan,

O progrès! sans sombrer sur ce gouffre béant!

Les temps ont été durs souvent, mais la tourmente

Jamais n'a fait virer ta carène écumante!

Devant d'immenses rocs entassés sous tes pas,

Ta proue a louvoyé mais reculé, non pas!

Quels que soient les écueils qu'on oppose à ta marche,

Jamais vent ni brisant n'engloutira ton arche !

Et chaque âge toujours, ô pavillon prudent,

Te verra près du but plus que le précédent.

Maintenant, chose étrange ! il semble, beau navire,

Que tu cours plus rapide et qu'un aimant t'attire !

*
*

Voyez, comme il fend l'onde avec plus de fureur !

*
*

Certe, entre le progrès et l'hydre de l'erreur,

Depuis longtemps déjà la guerre est déclarée !

Au livre du passé toute page sacrée

Atteste du progrès les exploits éclatants

Que de son doigt de fer enregistra le temps !

Oh oui ! depuis longtemps déjà la lutte existe

Entre le pied qui marche et le pied qui résiste !

— Mais il devait venir un siècle sans merci,

Lumineux entre tous ! ce siècle le voici !

* *

Voici le siècle ardent de lutte et de victoire !

Le siècle glorieux attendu par l'histoire !

Voici l'instant du choc ! — Un éclair jaillira

Sur le monde, et soudain il l'illuminera !

Voici l'instant suprême où, comme deux armées

Sous un ciel trop étroit l'une et l'autre enfermées,

Le progrès et l'erreur vont en venir aux mains

Pour décider entre eux du trône des humains.

Voyez dans quelle ardeur le combat se prépare !

Les étendards aux vents flottent ! chacun s'empare

De son arme ! Voyez, adversaire obstiné,

L'obscurantisme tremble et rugit acharné !

— Tel un tigre blessé, prêt à perdre sa proie,

Fait un dernier effort, la déchire, la broie !

Voyez comme il déploie un appareil puissant !

L'entendez-vous au loin ce cri retentissant

Qu'il jette ainsi qu'un chant de gloire et d'allégresse ?

— C'est un suprême cri d'alarme et de détresse !

L'entendez-vous nommer, sous ses drapeaux flottants,

Tous les jours de nouveaux et rudes combattants ?

Ne vous semble-t-il pas qu'une aurore nouvelle

Illumine aujourd'hui son camp, et nous révèle

Un degré de splendeur qu'il n'a jamais atteint ?

— C'est le dernier éclair d'un flambeau qui s'éteint.

Car voyez du progrès la marche irrésistible !

Il avance toujours comme un flux inflexible

Qui, poussé devant lui par l'éternelle main,

Détruit, submerge tout sur son large chemin !

Envain devant ce flux, comme une digue immense,

Mensonge, préjugé, fanatisme, démence,

Fétichisme grossier, fruit des âges passés,

Sont par le bras du temps l'un sur l'autre entassés;

L'inexorable flot en a touché la base !...

Il la baigne et soudain tout se transforme en vase !

Monte, monte sans cesse, et rien d'assez puissant

Pour retarder d'un jour le flux envahissant!.

Et quand de la montagne il atteindra le faîte,

Alors et pour jamais lumière sera faite!

VIII

Telle est la loi de Dieu! loi que l'homme ici-bas
Subira quoi qu'il fasse et qu'il résiste ou pas.
Oui, l'homme est engagé dans un sentier que dore
De ses premiers rayons une brillante aurore,

Et qui mène au sommet d'un dôme où resplendit

Sur tous les horizons le soleil de midi.

Quels seront les détours de cette longue route ?

Quels seront les dangers ? nul ne le sait sans doute

Que Dieu ! — Mais ce sommet se dresse étincelant,

Et tous nous y marchons d'un pas rapide ou lent.

*

Quand l'homme aura conquis jusqu'au dernier mystère

Placé par l'Invisible au centre de la terre,

Pour qu'il le trouve encore et qu'à ce dernier don

Il chante un dernier hymne à ce Dieu de pardon ;

Quand, s'élevant toujours, l'intelligence humaine

Touchera le dernier des anneaux de sa chaîne ;

Quand le globe, aujourd'hui lieu d'expiation,

N'offrira plus que grâce et bénédiction ;

Qu'il aura tout donné ses secrets et ses joies,

Alors !.. — Qui peut sonder les éternelles voies ?

A l'horloge du temps peut-être sonnera

L'heure où le globe en feu de nouveau brillera

Comme un soleil? — Peut-être une race nouvelle,

Renaissant de sa cendre, y reparaîtra-t-elle

Pour recommencer l'œuvre en marchant sur nos pas?

— La puissance de Dieu ne se mesure pas.

IX

Enfants des temps nouveaux, troupe oisive et sacrée,
Qui dites devant vous la carrière encombrée,
Levez-vous! Du progrès saisissez le flambeau!
Vous cherch_z un devoir? En est-il un plus beau!

Ce n'est point d'un parti la servile bannière,

C'est la cause du monde, immuable et dernière !

Sans elle tout serait stérile en ce bas lieu,

Et je crois au Progrès comme je crois à Dieu.